DongHang's Poem

바람의 옷을 입고

DongHang's Poem

바람의 옷을 입고

詩 안미쁜아기

동행출판

무명 시인의 변

나는 詩를 쓴다.
여기에 실린 詩들은 1999년 무렵에 썼다.
치열하게 살아냈던 시간인데
참 멀리 왔다는 생각이 든다.

글을 함부로 쓰면 안 된다는 선친의 따끔한 훈계가
족쇄처럼 따라다녔다. 선친이 생의 꽃을 피우기도 전에
돌연 세상을 떠나시는 것을 보고 詩 쓰는 것을 포기했
다. 아니 글쓰기를 포기했었다……

무슨 미련이 남았든지
이 무렵의 詩와 근래의 몇 편을 묶어
'숲에는 달이 뜬다'와 함께 세상에 내보낸다.

차례

쿼바디스 도미네

분명 神은 엄살을 피우는
바다 여우들의 눈물에 홀려
섬 어딘가에 고주망태가 되었을 것이다.
그렇지 않고서야
부르다, 부르짖다, 울부짖다
쓰러진 기도를 모른 척 할리가
돌보겠다던 약속을 까맣게 뭉갰을 리가

재를 뒤집어쓴 파렴치한 자들로 신물나서
번뜩이는 납빛 바다를 지나오다
양귀비꽃 무덤 어디에 고개를 파묻었을지 모를
神의 채찍과 막대기를 붙들고
한꺼번에 죽고 싶지는 않아서 애원을 해본다.

어느 곳에서 귀 막고 잠들었을지 모를
어느 곳에서 화를 삭이고 있을지 모를
神을 부르다 부르다 목만 쇠고 말았다.

무명의 남자 1

전동차 차량 틈새에서
바람이 울부짖는다
남자 1처럼….

건물 출입문 귀퉁이에 몸 구겨 넣은 남자 1은
뱉어놓은 가래침같이
행인의 시선에서 버려져있다

한때는 누구의 아들이었고
한때는 누구의 남자였고
한때는 누구의 아비였을….

어느 누군가의 기억에서 소거되었거나
산 채로 지워져가는
질기고 구차한 목숨 때문에
무명의 남자 1은 오늘도 홀로 두렵다.

지난밤
가을은 한층 깊어졌다
휴지통에 버려진 파일처럼
남자 1의 가을은 매몰찬 어둠 속에 잠겼다.

밤이 길어지고 있다
덜컹거리는 전동차 틈새에서
바람이 울부짖고 있다
무명의 남자 1처럼….

길 위에서

오늘도
낯선 길에서
나는
누군가에게 행인이었다

오늘
낯선 길에서
누군가는 나에게 행인이었다

어제,
오늘……
또
내일……

그 길에서 마주하는 누군가에게
기댈 어깨를 내어주고
속울음 터뜨리도록
가슴을 내어주는 따뜻한 사람이 되고 싶다

그 길에서 마주하는 누군가에게
낯선 행인이 아닌 친구가 되고 싶다.

아, 어머니!

너른 들판 너머로
질기도록 긴 긴 해 떨어지고
나의 고향에 아득히 어둠이 내리면
달빛에 헤진 그림자를 끌며 오시던 어머니!

산마루에 달이 걸리도록
달그락달그락~ 쉴 새 없이 오가고서야
정개토방에 굽은 허리 잠시 펴시던 어머니!

질끈 동여맨 흰수건에
홍건히 배어든 땀 감추며
달도 지쳐 맥없이 잠들고 싶은 그 시간
바스락바스락 마당을 오가시던 어머니!

이 도시에 설컹설컹 어둠이 내리면
나의 어머니는 온 데 간 데 없으시고
아들녀석 뒷바라지에 하루가 모자란 아내가
까딱 고갯짓, 게임에 매달린 녀석 뒤통수를 째려본다.

내 아내는 철부지 자식에 속이 터지고
나는 질박한 어머니 품이 더욱 그립다.

* 정개: 부엌을 일컫는 전라지방의 사투리
* 토방: 흙으로 평평하게 마무리한 부분

막다른 길

가파른 고갯길에 이르러서야
길이 없음을 알았다
하늘마저 맹렬히 으르렁댄다
벼랑 끝에 또 다른 내가 서 있다.

그리움

티 한점
엊혀 있지 않은
네 눈 속에 미로가 있다.

가을꽃

햇살도 사윈 늦은 가을
한오라기 바람에 매달려
애달픈 꽃망울 터뜨리는 가을 장미도
가을녘 꽃지는 슬픔을 아노니

길을 가다
가을 장미를 만나거든
속 모르는 스산한 눈길 보내지 마라.

복숭앗빛 봄허리를 휘감아 올라
타히티 여인의 젖무덤같이 풍만한 여름날
속살마저 오색향기로 날리우던 그 많던 꽃들이야,
봄이 오거든
옛 추억을 노래할 테지.

가을바람에 매달려
꽃 한송이 피우겠노라고
꽃지는 슬픔도 잊은 가을 장미에게
처연한 눈길 두르지 마라.

석양 노을에
제 몸을 부비고 또 부비어,
속절없이 피는 가을 장미인들
봄을 그리워하지 않으랴마는

뚝,
꽃지는 설움 아는 장미에게는
봄이 오지 않을 것을 아는 슬픔이
너무도 크기 때문이다.

작은 거인 떠나다

(for Mr. Roh)

가파르게 오른 정상
"살아보니 그렇더라"
헛헛한 웃음으로 눌러쓴 밀짚모자 아저씨
어디를 가시나요.

禮와 仁을 잃은 세상
그저 너털웃음밖에 지을 수 없어서

"허허허……"
"슬퍼하지 마라"
"원망하지 마라"

봉하 오리쌀 한줌에 기대어
해맑은 미소, 소박한 행복
올 가을엔 받을 줄 알았는데요
아무런 기약 없이 그냥 가시다니요.

시퍼렇게 오열하는 그대의 오월은
오리 날갯짓하는 논두렁에 걸쳐두고
한점 바람에 소스라치게 가시다니요.

꿈의 傳承

푸르른 바람이 이는 추억의 동산에 앉아
휘리릭 오므린 입술 사이로 휘파람이 나올라치면,
아주 오래전
가슴에 나즈막이 감추었던
이야기 한올,
오랜 전설 끌어 올리우듯
아득히 먼 곳으로부터 달려와,
생기 잃은 눈동자에 햇살처럼 반짝이는데

멀리서 굴리는 아해의 바퀴는
더 넓은 반경을 그리며 돌아 나오다
어느새 발아래 풀섶에 다다르고,

아해의 바퀴는 회오리처럼 돌아 돌아
낡은 이야기 한올 바퀴에 잇닿아 돌고
쉬지 않고 구르는 아해의 바퀴를 따라
금빛 햇살, 눈부신 이야기를 그려내고 있다.

시간은 둠벙둠벙 목전에서 잘리고
가벼워지고 마는 생각을 읽노라면,
아무런 것 아닐지라도
낡은 이야기 한올 아해의 바퀴를 따라
돌고 또 돌아갈 것을 알기에
마른 입가에 미소 번지게 됨을 기뻐한다.

탄식

달리고 달려 저만치 앞서가는 세월
눈 동그랗게 뜨고도 붙잡을 수 없어
마음은 사방으로 갈리어 달리고 달려도
하악~ 숨이 차다
아, 빠른 게 세월이구나.

마음은 청춘이라고 아우성이지만
하얗게 삐져나온 귀밑머리를 보노라니
달리는 세월의 잔등을 타고
갈린 마음 추슬러 달려나 볼 걸
아! 세월은 빠르고 후회는 늦는구나.

한낮 더위

폭염 속에서
청아한 하늘을 볼 수 있다니요
이것 참 행복한 일입니다

땡볕은
잠시 머리 위에 머물지만
이 또한 지나갑니다.

아침저녁으로 불어오는
한쪼금 시원한 바람에 의지하여
맹렬한 더위를 잊어봅니다.

그녀는 안녕하신가?

'옥'자 들어간 이름이 팔자가 드세다는 말에
지레 겁먹은 그녀는 연애질로 분탕질 해대더니
까까머리 삼수가 당하고 넙적바위 성출이도 당했다더라.

굴뚝에 솔솔 연기 날리듯 무성한 입방아에 끄떡 않고
그녀는 시집만 잘 갔다는데….

울 엄니 철들기 전부터 누누이 뼛속까지 새긴 말씀,
"사내 넘들 조심해야 쓴다 여자 팔자 뒤웅박 팔자인디……"
"끌끌끌…."

불혹의 나이는
봄바람에 마음만 헛헛한데
"옥이는 서방 덕에 잘 먹고 잘 산다더라"
푸짐한 소문만 들었다.

사내 놈을 왜 조심해야 하는지 여태 모르면서
치맛단을 꼬옥 쥐고 산 몰골은
어째 이리도 봄내음에 노곤노곤한 것이냐
여자 팔자 뒤웅박 팔자라더니
'옥'자 없는 나는 뭐 대단할 것도 없더라.

고창의 국화

푸르른 국화는
질마재 따라 오르며
제 속살을 부비고 부비어
노오란 향기 날린다.

또 오시쇼
또 오시쇼
기달릴랍니다

미당이 저 만치서 손 흔들며,
"또 와불제, 잉"

파도의 꿈

내 언젠가는
푸른 언덕에 올라
모래톱을 할퀴지 않을 초연함으로
긴 호흡을 하고 싶다.

네가 머무는 날에
이뤄질 그것들을 위해
잦은 몸짓 하나하나에 기호를 달아두겠다.

펄럭이는 깃발처럼 나를 내두르고
자지러지는 바람의 아우성을 닮아
나날이 피골이 상접할지라도

네가 머무는 날에
못내는 이뤄질 것들에 대해
온몸으로 기다림의 끝에 서 있겠다.

병상의 노모는 꽃시절이 그립다 하고

바래고 흰 모가지
석양에 드리운 것도 설움인데
갓 피어난 꽃 좋다고 훨훨 가는 나비야

속절없이 떨구어내는 꽃잎 속에
파릇한 기억들이 알알이 배었음을 잊지 마라.

한때는
네 고단한 날개 보듬어 안은 꽃잎에 누워
쉼 얻은 날 가벼이도 잊었더냐.

또르르~ 뽀오얀 꽃잎에 이슬 내리면
탐욕 그득한 입술 시도 때도 없이 구애하더니

아!
야속타
기운 꽃 모가지
무정한 눈길에 허리마저 꺾이우고

봉숭아 꽃물
손톱 끝에 매달리듯
간드랑 간드랑한 석양 해,
덥석 한입에 배어 문 어둠만 처연한데

꽃지는 설움보다
쉬이 날개 걷어가는
무심한 네 눈길이 더 서럽더라.

오월의 황무지

사월이 가면
몽환의 추억들로 공허한 황무지를 기억하노라
붉은 포도주와
달콤한 꽃향기로 기대에 찬 그대여!
종달새 지저귀듯 피어나던 꽃들은 어디 갔는고.

오월의 꽃들은
메마른 언덕 묘지에 피었다는구나!
생때같은 슬픔은 시퍼렇게 날이 서고
붉은 핏물 뚝뚝 떨군,
남녘 춘사월 동백이
메마른 언덕 무명의 묘지에 피었다는구나.

어미꽃은 새하얗게 지고,
아비꽃은 검붉게 진 자리에
이쁜 이름의 꽃들이
바람을 깨워 피어난다는구나.

이 봄날이 가면
새들은 둥지 위에 날아들고
꽃들은 그대 뜰에 피어나겠는가?

빛바랜 한장의 오월 위에
새들은 날아들고 꽃들은 다시 피어나겠는가?
오월이 오면
오월이 오면

가벼움

그 많던 나뭇잎들은 다 어디로 갔을까,
고개를 들어보니
하늘도 나무도 한결같이 비워내고 있다

가만
겉치레로 가득한 내 속을 들여다보니
바람에 제 몸을 내어주던
나뭇잎들로 가득차 있다

훌훌 털어낸 비움을 자랑했더니
그 많던 나뭇잎들이 어느새 여기에 있을까.

네 멋대로 살아라

아무도 모른다
언제 신호탄이 터졌는지
출발지점을 빠져나와
뛰었다 걸었다

주춤대면 떠밀렸다
끝은 보이지 않는다
꿈틀대는 물결만 있을 뿐.

순간,
누군가 소리쳤다.
"동작 그만!"

화들짝 놀라 휘청거리는 몸을 가누려 해도
대롱대롱 마른 가지의 고치 마냥
자꾸만 흔들 흔들.

회귀

스갱의 염소처럼
저 너머 푸른 언덕 그리워하다
못내
그대를 떠났던 세월 참 많이 흘렀습니다.

우리가 아직 연인이었을 때,
그대의 슬픔을 마시고
보란 듯이 저 문을 나섰던 그날로부터

목마른 늦가을
미당 문학관 가는 길,
파리한 잎새비 후드득 나리우는데
사락사락 귀에 밟히는 소리.

오! 옛 연인이여.
눈을 떠요.
내가 기억나지 않나요?
저 너머로 꿈꾸던 자유
푸르른 명성으로 살아낼 줄 알았더니

거친 숨결 바랜 눈빛
제풀에 겨워 이제 돌아옵니다.

아! 그대를 떠났던 세월
많이도 흘렀습니다
참 먼 길을 돌아왔습니다, 그려.
속 좋은 그대가 껄껄 웃습니다.

* 알퐁스 도테의 「스갱씨의 염소」에서 따온 말

묘비명

빛나는 청춘
바람에 사르는 꽃보다
하늘 푸르름 잇는 숲 되고 싶었어라.

이제
나는 간다
미완의 이름으로

누구랴!
우리의 숲으로 올 이가.

속죄

가스불 위의
행주는
얼룩덜룩한 제 몸을 脫俗 하자고
祭 올리느라 여념이 없다.

자라지 않는 꿈

"느그 아부지 계신 논에 가봐라이"
목 길게 뽑고,
"예에에에에에에이~~~~~"

가방 메고 집에 가는 동무는 좋겠다
툭 걷어찬 돌멩이
앞에 가는 녀석 뒤통수에 맥없이 꽂히고
냉큼 뛰어든 논이랑 풀섶에 볼멘소리, 징징징.

저놈의 해는 징하게 길기도 하다
벌건 해는 까까머리 뒤통수를 어찌나 훑던지
휘익 한번 째려보고
종일 휜 허리 논이랑에 들러붙은 아부지보다,
새참 같은 딱지놀이 손꼽는 아들이 더 곤하다.
한 뼘짜리 남은 여가에 신이 난 아이들 함성이
쑤욱쑤욱 키자람 하느라 꽉 들어찬 골목에
슬그머니 어둠이 밀려 들어오면
논이랑 밭이랑 아부지 흙주름 골 깊은데

해 짧다고 푸념하던 골목의 아이들이 터벅대며
흩어지는 골목길에
바람은 단내를 풍기며 저 하고픈 대로 슬렁슬렁.

무궁화 꽃이 피었습니다
무궁화 꽃이 피었습니다

옛이야기같은 숨바꼭질 사라진 빌딩 숲에서
종종, 때때로 길을 잃는 젊은아들에게,

"사람이 살자고 하는 것인디
앞만 보지 말고 숨도 쉬고 그려"

엄니의 성근 목소리가 귓전에 쟁쟁한데,
잰걸음으로 달려온 길은 보이지 않고
희멀건 주름의 한 사내만 서 있다.

봄 마중

가자!~
시체들을 뚫고 솟는
봄마중 하러

스올을 지나
불꽃이 팡팡 솟는
봄마중 하러

굳은 살을 떼어내고
찬연한 봄길로 가자.

미치광이가 사는 별

이상한 나라에는 별 미치광이가 산다
달을 달이라 하면, 아니라 하고
별을 별이라 하면, 아니라 하니

그럼 무엇이란 말인가!

달을 가리키면, 달은 보지 않고
손가락타령을 한다.

이상한 나라 별 미치광이는
좋은 것도 나쁜 것도
자기 말하는 것만 옳다, 하니
미치광이 이웃별은 참 어처구니가 없다.

내가 사랑하는 사람은

내가 사랑하는 사람은
자신을 존중하고 사랑하는
사람이었으면 좋겠습니다.

내가 사랑하는 사람은
이웃의 슬픔에 눈물을 흘릴 줄 아는
사람이었으면 좋겠습니다.

내가 사랑하는 사람은
눈높이를 상대에게 맞출 줄 아는
사람이었으면 좋겠습니다.

내가 사랑하는 사람은
낮은 사람을 존중할 줄 아는
겸손한 사람이었으면 좋겠습니다.

내가 사랑하는 사람은
더불어 살아가며 감사할 줄 아는
사람이었으면 좋겠습니다.

내가 사랑하는 사람은
불의에 저항하는 곧은
사람이었으면 좋겠습니다.

내가 사랑하는 사람은
자신에게 부끄럽지 않은
사람이었으면 좋겠습니다.

이러한 사람이라면
내 모든 것을 그에게로 보내겠습니다.

81학번의 자화상

무엇을 알았는가
무엇을 보았는가
무엇을 말하였는가

비워낼 수 없는 욕망은 곪았고
담기에 너무 높은 정의는 칼날 같다.

짖어대는 말
걸러내지 못하는 말
33kg의 폐수와 22kg의 숭숭한 뼈다귀와
오염된 비계덩이에,
날마다 한 겹씩 허영의 옷을 입는다.

끝끝내 비겁하지 않았다고
자기변론을 하여도
떨칠 수 없는 날선 이성 앞에서
거꾸로 십자가에 매달린다.

꽃과 비

후두둑!
후두두둑! 후두두둑!
유월의 장미 붉게 진 자리
비는 내리고

뽀얀 골목길로
마음은 종종종
유월의 장미꽃진 자리
후두둑!
후두두두두둑!

사랑하는 이름

애당초
그대를 사랑하는 맘 있었을 리가요.
우연히 그대를 만났을 뿐
아무것도 몰랐는 걸요.

가끔은
그대가 나그네인가 아닌가 하여
마음도 더러는 왔다갔다 하더니만,
그리움 퍼올리는
아픔이 되었다니요.

지금은
그대의 흔적을 따라 추억이 머물고
그대가 살아나 숨구멍을 조여 놓지만,
여전히 그대는
왔던 길로 되돌아가는
그대만의 그대인 것을 요.

애당초 그대는
그리움 저 편의 기다림이었겠지요.

그대만 없는 거리

찻집에 앉아 오가는 사람을 봅니다.
초점 없는 내 눈빛을 스쳐가는 사람들
넋놓고 바라보다 울어버렸습니다.
그렇게 많은 사람들 속에
딱 한사람 그대만 없습니다.

찻집은 나 혼자 있는 것도 아닌데
그대 없는 서러움에 복받쳤습니다.
단 하나뿐인 그대,
많은 사람들 속에 눈 씻고 보아도
딱 한사람 그대만 없습니다.

시간이 약,이라고 말했지만
내 안에 갇힌 시간은 멈춰 서고
차곡차곡 쌓이는 그리움으로
그대 없는 슬픔은 사그러들 줄 모릅니다.

내게 단 하나뿐인 그대,
온 세상이 텅 빈 유리잔 같은 설움
그대 없이 깊은 수렁으로 시간이 흐릅니다.

아~
창밖의 사람들 틈에
환한 미소로 그대가 있어 준다면,
얼마나 좋을 것인가요.

그대 없는 거리에
휘적휘적 나의 마음만 휑뎅그레 서 있습니다.

가을날의 삽화

햇살 가득한 오후,
창가에 놓인 탁자에 앉아 커피를 마셔
오가는 사람들 어깨 위로 고즈넉한 가을은 반짝이고
오버랩되는 한 소녀의 빨간재킷, 잠시 몽롱했어.

슬로모션처럼 내 시야를 오가는 사람들,
아련하게 하늘거리는 기억의 봉인이 풀려
달콤쌉쌀했던 네 모습만 뱅뱅 맴돌아

도리질하면서 지우고 또 지워냈어
한참이 지난 뒤에서야
시끄런 록음악에 네 모습은 사라지고
식어버린 커피는 더 이상 향긋하지 않아.

너를 기억해내는 추억은
왜 이렇게 슬픈 것인지 나도 모르겠어
빨간재킷의 강렬한 유혹 때문이었는지도.

창 너머의 고즈넉한 가을을 한껏 누리려다
아픔만 겉돌고, 홀로 거리를 배회하는
슬픈 가을날 오후,
추억은 아름다운 기억이라던 말, 거짓말 같아

추억 속의 너를 생각만 해도 아릿한 통증을 느껴
내 안의 소녀는 슬픈 통증으로 저벅저벅 걸어 나와.

꽃바람 속에 그대는 살아

기억 속에 휘장처럼 드리울 이름이여
불러도 불러도 마르지 않을 이름이여

저 바람 속에
저 가을 속에
아름다운 삽화로 살아 숨쉴 이름이여

그대를 보노라면
그대를 보노라면
아뜩한 현기증이 일고
지그시 눈 감고 하늘 향해 길게 숨 몰아쉬면
어느새 한 몸이 되는 그대는 화석 같은 이름이여

꽃잎에 파묻히는 햇살을 보듬어 안고

그대는 그대로 꽃이 되고
그대는 그대로 꽃이 되고

추억

언젠가 낡은 등대 아래
서성이던 때가 생각났어요.
모든 배들은 낡은 등대를 두고
페인트칠로 환한 등대에 모여들었어요.

배들이 떠나고 낡은 등대에 기대어
시름을 잠시 내려놓을 수 있었어요
파도는 애꿏은 낡은 등대 옆구리만 후벼대었어요.
끄덕않고 바다를 바라보는 낡은 등대를 어루만지다
그만 내 시름 안고 낡은 등대 곁을 떠났어요
그런데 오늘 내 속에 낡은 등대가 서 있지 뭐예요.

버리고 얻는 법을 아는 것

내 님은 다들 길 떠날 때
골방을 지키는 법을 압니다.

내 님은 다들 꽃 꺾을 때
정원을 가꾸는 멋을 압니다
내 님은 다들 얻고자 할 때
가진 것 버리는 법을 압니다.

내 님은 다들 말하고자 할 때
침묵에 잠기는 법을 압니다.

내 님은 다들 올라갈 때
조용히 내려올 줄을 압니다.

내 님은 다들 버릴 때
소중히 여기는 법을 압니다
내 님은 다들 잠들 때
어둠을 밝히는 법을 압니다

내 님은
가진 것의 아픔과
가진 것의 희열과
가지지 못한 것에 대한 슬픔과
가지지 않은 것에 대한 자유를 아는 나그네입니다.

네가 슬픔을 아느냐

지천으로 단풍 들어 벌건대
나는 하얀무명 소복, 새끼줄로 동이고
꽃상여 따라 가을 산중턱에 아버지를 묻었다.

삼우제 지나 늦가을도 겸연쩍은 저녁,
"할아버지가 불쌍하다"
밥상머리에 고개를 떨군 여섯 살배기 툭,
내뱉은 한마디에 꽁꽁 여며놓은 속내 와르르 쏟아지듯,
복받친 슬픔이 어이없이 오기도 하더라.

아이는 핑그르르 눈시울이 붉다
가슴을 쥐어뜯는 압통에 왈칵 뜨겁다
"바보같이"
솜털 부숭한 큰아이 젖은 눈가 훔치며 말을 자르고….

티격태격 입씨름에 실랑이까지
외할아버지 고집 억세게 닮았다는 아이
여름이면 사나흘,
외가에 머물며 속속들이 밴 기억들은
텀벙텀벙 눈물방울 아이 가슴에 터뜨려놓고

무릎 사이로 고개를 파묻자
꾹 눌러 참았던 울음보, 우라지게 펑펑 터진다.
"너희들 왔구나"
금방이라도 만져질 것 같은 목소리
더 아득히 멀어지는 저녁이다.

겨울부엉이

홀로
몸 부비던 긴 긴 밤은
겨우내 시립더니,
어느 날엔가
버들 눈웃음 샐쭉 흘기우고
너는 슬그머니 그리 오더라.

풍만한 너의 허리에 감겨
온 밤이 홍건히 불꽃 군무 흐드러질새,
농염한 입술 붉은 인두질은 쉼을 모르고
미끌리는 품에 안겨
끌어 올리우던 가뿐 호흡은
한 잎 두 잎 포개져 내리고

어느 날엔가
시린 밤이 올지라도
한 잎 두 잎 내리운 너와 나란히 눕겠다.

암 병동

공릉역에 내려서면
막다른 길에 들어선 것 같은
두려움이 엄습하고,
언덕 위 붉은 건물은
온기가 사라진 사체 같이 떡, 버티고 섰어.

아프리카는 어디로

허기져 눕지도 못하는 아프리카여!
검디검은 너의 살 속으로
희디흰 영혼들이 잠들고 있다.

뿌연 흙먼지 속으로 가물가물 드러나는 아프리카여!
퍼석이는 땅을 굳은살로 버티고 서서
모질게 말라비틀어진 등줄기를 매만질 본능은 살아남아
낮도 밤도 가릴 것 없이 살내음만 눈을 떴구나.

바람처럼 절로 잊혀진 영혼들은 떠돌고
한방울도 뿜어주지 않는
젖통을 쥐어짜는 어린 것들은 어찌하는가.

울어도 눈물 없는 아프리카여!
검디검은 너의 살 속으로
젖 한 모금,
얻어먹지 못한 어린 것들을 잠들게 하지 않기를,
태양이 떠오를 때
마른 뼈, 앙상한 어린 것들은 해 마중하리니.

허기진 배를 움켜쥐고 선 아프리카여!
눈 감지 못한 영혼들을 위하여,
살아남은 자들을 위하여,
너의 마지막 숨을 고를 때가 다가오리라.
아! 숨죽이고 선 아프리카여.

아이들이 희망이다

고향집 건너 허름한 곳에
올망졸망 일곱 사내아이 키우는 집 있어
아직도 짧은 봄 햇살에 몸 쬐이고 앉아,
오가는 사람들 시선이 모여든다.

지금 세상에 뭔 놈의 아이들을 일곱씩이나
퍼내지르냐고 입방아를 찧어대는데
땟물 줄줄 흐르는 낯빛에도 아랑곳 않고
짧은 바짓가랑이 연신 추켜도 흘러내리는 건 여전한 걸.

허전한 배꼽만 빠꼼 드러나고
연년생 두 사내아이 꾀죄죄한 몰골, 그래도 천진스러워
친정 마당으로 불러들여 낯을 씻겨 보아도
겨우내 꽁꽁 얼었다 녹아난 얼굴엔
감 홍시 하나 매달리듯 볼딱지가 벌겋다.

너른 마당이랄 것도 못 되는데
울 꼬마랑 당장에 어우러져 천방지축 뛰어다니다,
돌무더기 화단턱에 털퍼덕, 넘어지고도
씨익~ 웃기만 한다.

석양 그늘에 두 사내아이를 찾느라
담장 너머로 빠꼼이 고개 내밀고
눈짓으로 아이들 불러들이는 촌부를 보니
사내아이들의 아비쯤 되나 보다 .

까르르~ 달음박질하는 아이들 등 뒤로
하루종일 아이들 뒤꽁무니 좇던,
햇살도 사위어 내린다.

그녀의 눈물

그녀의 눈은 오늘도 붉어져 있다
체온계를 들고 선 멍한 눈이 벌겋다
죽음의 그림자는 섬뜩섬뜩하게 숨통을 쥐고,
세포덩이는 부풀어 가녀린 그의 숨결에
그녀는 목을 놓고 울지도 못한다.

회한

첩살이 서조모한테
무던히도 오랜 세월
같잖게 모진 천대멸시 삼았더니

가여운 젊은 나이에 객사하고
그나마 불쌍하기가 말할 수 없는 인생이라
애잔한 눈물 머금게 하더니

첩실 같은 지랄맞은 연정
뭉개어 짓이겨도 질기디질긴 것이
못내는 환장하겠구나
내 이리도 더러븐 속정에
울고 웃을 줄 어이 알았으랴

요절한 서조모보다 가엾디 가여운 것이라,
불한당같이 막무가내인 더러븐 속정을
내 어이할꼬!

봄바람

서방 자식 내팽개치고 들바람에 가슴 여윌새라
노심초사 졸이는 아비 마음 헤아리고 남지만
친정아비 새가슴 찢기라고,
쉴 새 없는 이놈의 눈물은 어인 일이로고.

한평생 시린 가슴, 당신 하나로 족하다고
딸년의 텅 빈 눈빛 애써 외면코자 하는 아비의 맘
내 어이 모르겠는가 마는,
벼랑으로만 내몰리는 이 년의 봄을 어쩌겠는가!

신경전 벌이는 부녀의 속은 도통 모르는 듯,
누리끼한 서울 딸년에게 새푸르둥둥한 다슬기국물을
턱밑까지 들이미는 내 어미 몇 번이고 되뇌는 말,
"몸 부실하면 못 쓴다"
사나흘 전, 격포 횟집에 앉아 횟감에 입맛을 다시던
계산 속은 도통 모르시고, 당신 허한 속은 뒷전이다.

시집간 딸년 재채기만 서툴게 해도, 깜짝 놀라는
가슴인데 이 년은 언제쯤에나 땅에 발을 붙이려는가.

순결 앞에 부끄러워

아침 이슬에 무수히 순결함을 지켰을
작설의 어린잎들이
입안에 향긋이 고여 들면
차마도 아쉬워 그리도 향내가 나는가!

뇌세포들의 탈색이 부끄럽다,
雀舌을 마시는 시간이면.

해풍의 모진 홀대가 있음에도
초록의 어린 雀舌 이파리들은
여리디여린 숨결을 내뿜어 절개를 지킴인가
차마도 아쉬워 목젖을 휘감아 도네.

심장의 느려진 박동이 부끄럽다
雀舌을 마시는 시간이면.

* 雀舌(작설): 갓 돋은 어린 차잎을 따서 만든 차.

때 이르기 전에

화관을 쓰라
어둠이 오면 때는 늦어
침통한 날들 추락하리

그날이 오면
탄식과 오열의 무덤 되어
어둠 속에서 애곡하리

등 뒤에 오는
도적같은 비수
피하는 날
많지 않음을 기억하라.

혼미함

모월 모일 낙서 모음
모월 모일 편지 모음

디스켓을 열어 보지 않는 한
파일명을 알 수 없는 무제 한다발
자신 외엔 비상구가 없다.

삭제 파일
영원히 기억 속에 갇힌 파일명
뇌리에 부유물로 뜨는 파일명
플로피디스켓 속 365일의 일지
지리하게 길었던 터널의 끝,
딸깍!

뇌 속의 홍등

안녕
엔터키

안녕!

어제도 엔터
오늘도 엔터
내일은 종료

수많은 키의 움직임
다시금 찾아온 가을
손가락 마디를 세워
엔터

가자,
밤새워 몽롱했던 순간으로
엔터.

외통수

그에게로 난 길은 일방통행
홀로 지친 그 길에 서면
갈 수 없는 길 위에서 손짓하고
날 더러 웃으라 하네.

눈가에 그렁그렁 눈물이 맺힐 때
태연히 눈물을 닦아주는 뻔뻔함에
다시는 그 길 위에 서지 않으리라,
딴전을 피워 보지만 아무렇지 않은 듯
등을 어루만지는 그는,
어김없이 나를 관통하는 술수.

늦화장하는 여자

화장대 없는 방의 풍경이 낯설어질 나이
삼십의 끝자락, 분첩의 향내가 향긋하다고
지그시 눈 감는 순간부터 여자.

나긋한 이름으로 돌아가고 싶은 설렘은
오만했던 기억들을 저편으로 밀쳐내고,
거울 속에 바람처럼 서성이는 낯선 얼굴 하나.

그래도 살아야지

해 떴다
일어나자
밤새 잎새들은 혼절했지만
희뿌옇던 머릿속을 다 털어내고 일어나자
살아남은 자들이 축배를 들 시간이다.

가자, 가자 하십니까?

가자, 가자 하십니까?
그리 안 하셔도 길 떠나고픈 맘 간절한데
그리 자꾸 가자 하시면 나는 어찌합니까
숲 더러 거기 꼼짝 말고 있으라 하소서
강물에게도 그리 말하소서
내 언젠가는 숲에 머물러 벗하리다
내 언젠가는 강기슭에 머리를 뉘이리다

나그네처럼 오가는 것은 싫더이다
그날에 길을 나서면 들판에 시선을 두르고
그날에 길을 나서면 숲속에 마음을 뿌리리다
오지랖 넓은 속내는 자꾸 열리는데
가자, 가자 하지 마소서
내 어이하라고 지금에 나를 부르니이까
이담에 어느 날엔가 화사한 낯으로 가리이다
가자, 하시는 맘 더 받기에는 어찌할 바를 모르겠나이다.

큼큼한 엄니 사랑

엄니가 싸주신 보따리 속에 빠지지 않는
큼큼한 냄새와 끈적한 청국장이 싫다.

먹거리 없어 달랑 김치만 놓인
밥상이 무색해지고서야
마지 못해 바글바글 끓여진 청국장
냉장고의 천덕꾸러기 신세를 모면하고
밥상에 올라온 청국장을 게걸스럽게 먹었다.
송글송글 맺힌 코끝의 땀을 훔치며
싫다던 청국장 냄새는 잊고,
밥 두 공기 뚝딱 해치웠다
휴우!~
울 엄니 자식새끼 사랑이 청국장이었던 거야
그걸 이제야 알다니 무자식 상팔자인 게다.

어둠의 목소리

퀭한 눈 가장자리에 머무는
한기는 가증스럽게 뿜어내는
죽음의 표독한 웃음.

세포들이 우왕좌왕 혼미해질 때,
하얀시트 위로 떨구는
숨결은 어두운 터널과 같아.

비정한 방관

그녀가 처음 죽던 날,
수다스러운 별들이
천연덕스럽게 볼터치를 하고 있었다
뚜쟁이 마담처럼.

뚜쟁이 기둥서방 같은 달은
누런 눈을 꿈벅꿈벅
문들을 감시하고 있었다.

풀벌레들은 섣부른 장송곡을 불러댔다
슬슬 기어다니던 게으른 바람이
잠시 어루만져 주었을 뿐이다.

순종

당신에게서 낮아지는 법을 배웠습니다
당신에게서 넓어지는 법을 배웠습니다
당신에게서 숨죽이는 법을 배웠습니다

당신은 날마다 더 낮아지길 원했고
당신은 언제나 더 넓어지길 원했고
당신은 한순간 더 숨죽이길 원해요.

그런 당신 앞에서
나의 오만함은요

높이 더 높이 키 자람을 부추겼습니다
겉 자란 키는 휘어지고 꺾여
더는 자라지 못함을 보면서
낮아지지 않는 불순종을 행합니다.

당신이 오십니다
작고 볼품없는 내게로 오십니다
당신은 여전히 낮아지는 법을 가르치십니다

그런 당신 앞에서
나의 불손함은요,
그제서야
키 높이를 낮추고 조용히 숨을 죽입니다.

섬진강 편지

오백 리 섬진강
네 품이 그리 뜨거운 줄을 이제야 알았다
굽이굽이 허리춤에 돛을 달아 달리고 싶다.

오백 리 섬진강
오만 날들, 널 품어 안을 수 있다면 좋겠다
풍만한 네 젖무덤에 그리움 숨겨둘 수만 있다면,
빈손이라도 좋으리.

찡긋 눈짓 하나로도 웃을 수 있는
그윽한 네 눈 속으로 첨벙 탐하는 나

밤 깊은 줄 모른 채
널 탐하다, 희롱 당하다, 불면하고
이렇게 널 그리워한 날들이 언제까지랴!

일시정지

둥그런 탁자에 놓인
빈 찻잔에 묻어나는 나른한 오후
눈꺼풀을 내리닫은 관능의 몸짓
욕망의 시선마저 거두어진 오후였어.

고독한 배웅

길지도 않은 생, 숨 가쁘게 살다
홀연히 가시는군요
이 언덕만 오르면
새꿈을 펼치겠다 하시던 결기,
우리 곁에 남겨두고 말없이 가십니다.
만년 소년의 미소 사시사철 봄이더니….
내일은
기억을 더듬는 길에서 마주하겠군요.

이별에 서툰 눈물은
닦아도 닦아도 흐르고
뭇사람의 뜨거운 속울음을 모아
가시는 길에 불 밝혀 등을 걸었습니다.

편히 가소서
편히 가소서

훗날에 님께서 앞서 가신 길 따라
우리도 가는 날,
못다한 이야기를 나누도록 하지요

3월 바람이 배웅하고
새봄이 오는 날에
먼 길 가시는 걸음, 편히 가소서.

길들여진 한마리 새

새장 문을 열어둘 때
이미 알았어야 했어요
더 이상 날개가 필요치 않음을
날개가 있어도 날지 못함을 간파해 버린 당신에게는
아량을 베풀 가엾은 한마리 새에 불과했어요.

문밖 모든 세상이 내 것이려니 했어요
구름 사이로 날아오르다 문득

햇살에 몸을 뒤척이며 간지럼을 태우던
꿈길에서만이 날갯짓이 가능하다는 것을 알았어요.

새장 문을 도로 닫아 주어요.
날 수 없는 비감함이 쏘는 화살을 맞고 싶지 않아요

차라리
새장 안에서 바라보던 한 뼘의 세상이,
내것 인 줄 알던 그 우매함에 갇혀 있고 싶어요.

선잠에 취하고

넓은 하늘 이 편에서 저 편까지
두팔로 감싸안을 수 있게
나란히 동행하자고 손가락 걸었었는데.

그날이 어서 오기만을 손꼽아
헤아리다 팔 베고 누워 잠이 들면

석양의 햇살은 붉은깃 펼쳐둔 채
덩달아 팔 베고 누워 선잠에 취하고.

無慾

오후, 네 살배기 꼬마랑 외출을 했다
알록달록한 사탕봉지 하나 챙겨든
꼬마 얼굴에 함박웃음이 번진다

그게 뭐라고
저리도 좋을까, 싶지만
사탕봉지 하나에
투정 다 비워내는 꼬마처럼
욕심 비워낼 수 있다면 얼마나 좋을까.

미련

앞집 담벼락에
옹기종기 몸 맞대고 선
철쭉이 누렇게 야위었다.

가을햇살에 살 부비고 서서
두런두런 옛이야기 나누었을까

비가 오기도 전에
단풍잎 떨구어내는 오후,
여윈 철쭉은 해산의 송가처럼
가녀린 꽃몽오리를 불쑥 내밀었다

젖은 몸 가누지 못하는
단풍잎 사이 앳된 꽃잎은
흐린 하늘을 훔쳐보고 섰고.

나태

립스틱이 묻은 채 식어버린 커피잔 하나
여기저기 수선스러운 연필들의 흩어짐
부스스한 얼굴로 나뒹구는
책꽂이 밖의 이런저런 책더미.

고장난 스피커에 벙어리가 된 음악CD들
삐딱하게 걸린 전화기 위~잉
여전히 소음을 남기는 하드디스크 작동음.

'올가'가 온다고 다급히 서두는 기상청 보도마저
엉겨붙어 후텁지근한데

일주일째 빗속에 갇혀 버린
서울잡이의 눅진한 머릿속에 이도저도 온통 물난리다
빗속에 온갖 것이 떠다니고 있다.

생각 속의 길 위에서

생각 속에도 길이 있다
길잡이 없어 잃어버릴 염려가 많은 길이다
아주 잠깐 눈 감으면
이내 길을 잃고 헤매기 십상인 길이다

그리 헤매다 머문 길에는
어인 꽃들이 저리도 피었는고
꽃술에 취해 돌아갈 길을 잃기 쉬운 길이다

어느 순간은
꽃길에서 길을 잃어버리고 싶어지는 것을 어찌하랴,

낯선 이방인 되어
종종 객기라도 부릴라치면
어서 돌아오라!
저 소리는 길을 잃어버리는 일도 없구나
봄날 간드러지는 꽃술에 취한 들 어떠하랴마는
저리도 애타게 부르는 소리 막을 길이 없구나.

유념유상

종로통 한켠에 자리를 잡고 앉아
곤두박질하는 무소불위의 여름햇살을 보았다

박박 여름을 지워낸 플라타너스의 잎사귀에
턱걸이하며 추락을 모면코자 안간힘을 쓴들,

종로통의 전설들이 검불로 흩날리는 것을
오래전부터 바라보았다.

조만간 희미해지거나 폐기될 걸 다 알면서
켜켜이 부질없는 신화들이 쌓이고 있다
모든 것은 변한다, 지켜보는 눈만 그대로이다.

종로통 한켠에 자리를 잡고 앉아
곤두박질하는 무수한 여름햇살을 볼 것이다.

꽃이 지면

노란국화 하얀국화
다 지고 나면

빈둥지 접고 먼 길을 떠나
아주 먼 길을 떠나
잠들지 않을 그리움 안고 길을 떠나.

그녀의 빈집

* 오랫동안 가을몸살을 했다, 나는.
제 성질껏 퍼붓는 8월의 햇볕은
옆구리를 비집고 오는
입추의 스파이바람을 수수방관하고
나는 귀신같이 가을을 알아챘다.

최소한 일년에 한 번은 동면하길 바랐다.
그리고 끝내 봄은 오지 않기를….
봄은 무심히 왔고
몸서리치는 가을몸살은 이어졌다.
그때마다
내 속에서 송장이 하나씩 장례를 치렀다.
이후로 얼마나 많은 송장의 장례를 치렀던가.
그리고 불혹 어느 중간에 가을 몸살은 끝났다.
가을몸살이 모르면 몰라도 최소한 휴전 중일 것이다.

* 또 다른 가을이 왔다.

도시를 몇 개나 지나고

외딴 시골 육중한 건물 앞에 서 있다.

쳐다만 보아도 데일 것 같은 드라이아이스같다.

숨쉬기가 힘들어 큰 숨을 몰아쉬었다.

스르렁~ 엘리베이터가 멈추지 말고

잭의 콩나무처럼 구름 위로 날라줬으면 좋겠다.

심장이 제멋대로 뛰었다.

그녀를 안았다.

심장이 제멋대로 멎었다.

심장이 조각조각 깨어지고 찢어져 흩어졌다.

"아이구야"

심장은 갈갈이 찢겨나가고

입술은 외마디 비명을 질렀다.

"아이구야"

허공을 응시하는 그녀는 마른 나뭇가지처럼 앙상하고

두 눈은 더 이상 사랑스럽지 않다.

마음을 구걸하지 않기로 작정한 듯 텅텅 비었다.

그녀의 사람 몸살은 사춘기 이후 이어졌다.

내가 아는 그녀는 아주 예뻤다. 이모저모 다 예뻤다.
그녀는 그 남자와 사는 내내 악몽에 시달렸다.
냉찬 표정의 그 남자가 옆동에 두집 살림하는 악몽은
그 남자와 헤어진 이후에도 이어졌다.
그녀와 함께 했던 날을 정리하며 자동차면허증을 당당하
게 내밀던 뻔뻔한 남자의 낯빛
그 남자는 결혼 내내 운전을 못한다는 핑계로 자기 회
사의 자동차조차 산 일이 없다더니……

* 나는 가을몸살에 종언을 고하고
그녀는 사람몸살을 끝내야 한다.

그녀는 자신 속에서 송장을 치우지 못했거나….
빛바래지도 않고 장례도 없이 버텨온 그녀는
끝내 정신병원 폐쇄병동의 단골이 되었다.
"……나를 보호해 주는 사람이 하나도 없네"
쓸쓸한 말 한마디를 연기처럼 내뱉는다.

그녀의 사람몸살은 언제쯤이면 끝이 날까?
폐쇄병동에 잔뜩 겁먹은 나는,
휘적휘적 홑겹의 그녀가 거기 있어 속울음이 난다.

사랑하는 것들은

흔들림 없는 곧은 나무와 같다고
더러더러 무심하게 잊고 지내다

어둠이 내리듯 무겁게 가라앉는
목소리에 아~ 당신도 힘들 때가
있을 수 있구나 하고,

그제서야 투정만 하느라
마음 편히 해주지 못했던 거
가슴 아파서 속까지 멍울이 지느라
밤새 뒤척이면

또 그제서야
아~ 우리는 한 몸 한마음이었구나, 하고.

진정한 사랑은 서로의
모든 것을 남김없이 공유하는
것임을 깨달아

이제는 우리가
물러설 수 없는 기로에 서서
하나가 되었음을 되새김하는 순간
아~ 나는 얼마나 당신을 원하는가,

내 가슴을 헤집어 열어 보여도
오로지 당신 하나만 새겨졌을 것을
아~ 나는 얼마나 당신 안에 갇혀 있는가,

사랑은 내 것을 다 주어도 아쉬움뿐
당신은 내가 되고, 내가 당신이 되는 일치

아~ 나는 얼마나 깊이 당신 안에 아로새겨졌는지
사랑은 참말로 놀라운 것임을 이제야 알아.

자전거 타는 시인

추억을 매달고
하늘로 가는 자전거를 타시나요

몰아치는 그리움 타고 님 오시는 날이면
님의 허리춤에 매달려 몽롱한 꿈을 흘려 두겠어

주인 잃은 자전거는 가만히 녹슬어가도
안뜰에는 오월의 무궁화가 피어납니다.

별이 되면 징검다리 별을 딛고 님에게 닿을까요,
여전히 내 속내를 사로잡은 그리움인 것을요.

무엇이 되랴

내 너에게 무엇이 되랴!

언땅에 꽃바람으로 꽃씨를 틔우는
햇살이 되어주리라.

내 너에게 무엇이 되랴!

알맹이 없는 말 많은 세상을 담는
강물이 되어주리라.

오월, 꽃무리지고

80년 광주, 그 오월에
핏발 서린 광기가 외쳤다.
가자~
원수 잡으러 가자~
괴뢰에 휘둘린 우매한 동포 지키자……

탄창 날쌔게 채운 총부리 날뛸 때마다
오월의 꽃잎은 하늘로 나빌르고
오월의 하늘은 단검으로 대창으로 찔리고 찢긴다.
내 아비와 어미의 피로 산 군화가 짓이긴다.

눈먼 자들의 침묵에 버려진 처절한 외로움,
오월의 광주는 포획 당하는 오열로 선혈이 낭자하다.

붉은 장미보다, 더 붉은 진실
뚝뚝 잘리운 꽃봉우리 가슴에 채곡채곡 담는다.
가자. 죽으러 가자.

구차한 목숨에 연연하지 않는 진실,
구차한 비겁을 뿌리치며 펄럭인다.
찢겨지고 뜯겨지고도 부활하는
오월의 이름 없는 꽃들이 나팔을 불었다.
먼동이 틀 때까지……

오월이 오면
붉게 피어난 이름 없는 꽃들이 지천이다.
꽃들이 일어나 나팔을 분다.
눈먼 자들의 침묵이 깨어날 때까지……

야속한 눈길

사랑하는 사람을 저기 두고
다소곳이 인내하라고 하시다니요
잔인하십니다. 고삐를 매라 하시다니요
저는 그리하지 못하겠습니다

언젠가는 이 마음을 아실 날이 오겠지요
헤져 문드러진 골 깊은 상처를 매만지면서
잠잠히 슬픈 눈으로 들여다볼 날이 오겠지요

사랑하는 사람을 지척에 두고
닿을락말락한 아슬한 심정을 어이 아신다고
그리도 모질게 고개를 젓는 것인지
나 알지 못하겠어요.

고삐는 매지 마소서
그마저도 듣지 않으시면
차마 견디지 못하여 자지러지겠습니다

이러지도저러지도 못할 사랑을 저기 두고
애타는 날수만 느는데
내 어찌하라고 이리도 잔인하시답니까.

이녁 오는 날

긴 긴 동짓날도
이녁 오는 날엔
숨 가빠 헐떡이고

햇살 솟는
동녘 하늘은
제아무리 창 가리고 서도
얄밉게도 붉디붉기만 하다.

冬至

칠흑의 밤하늘에는
마중 나온 별 하나 없다.
밤길은 멀고
별 하나 쥐지 못한 사람들이
숨을 죽이고 있다.

* 冬至(동지): 일년 중 낮이 가장 짧고 밤이 가장 긴 날.

포기하리다 당신을 위해서라면

탈피를 끝낸 마지막 순간
내 사랑 그대를 위해서라면
화려한 날개 펼치지 않아도 좋으리
한점 미련 없이 포기하리다
남김없이 포기하리다.

단 한번 짧은 비상의 순간
내 사랑 그대를 위해서라면
숨죽여 기다린 목숨 버려도 좋으리
한줌 아낌없이 포기하리다
남김없이 다 비우리다.

목숨 같은 사랑이라
그대를 얻을 수만 있다면
버리고 또 버려서 남김없이 다 비우리다.

그랬어요

웃으라 하시니 울음이 나요
낸들 어찌 알겠어요
웃으려 하면 울음이 나는 걸요

그렇지만 울 수도 없네요
울음이 난다고 다 울지 못하는 걸
낸들 어찌 알겠어요
웃으려 하니 울음이 나는 걸요

언제나 그랬는 걸요
여태껏 그러함이 깊게 배었는걸요.

정조

맨발로 오소서
맨발로 오소서
갓 피어난 꽃잎으로
마중하리니,

맨발로 오소서
순전한 하얀 꽃송이
날이 저물도록 피어나게
그저 맨발로 오소서.

돛배

바람 부는 날
바다로 간다
돛배를 띄워 바다로 간다.

하늘과 바다 교접하는 곳
그곳에 이르러 돛을 내리리
바람 불어 좋은 날에
돛배를 띄워 바다로 간다.

80년 그 이후

아카시아 피는 오월이 되면
살아있음이 오욕이 된 자
국립묘지의 짧은 비문,
차가운 땅에 몸 맡기우고도 지워지지 않는 수치
오월은 잔인한 달.

산 자에게도 죽은 자에게도
십자가에 못 박음질 당한 명예
역사는 산 자와 죽은 자의 훈장에
낙인을 찍어버렸다.

권모술수 탁월한 권력자 앞에서
한낮 꼭두각시놀음 해버린 자조 섞인 세월.
광주 그 오월의 뒤안길에
난무했던 총성은 아직도 끝나지 않아.

살아서 당하는 형벌,
양심의 칼날에 매 순간마다 베이는 영혼
세상으로 향한 문 하나 걸어 닫고
가해자이면서 피해자이면서
혼란스러운 세상, 형극의 칼날 위를
오늘도
남모르게 걷느라 그늘에 감추인 청춘이여!

오월이 오면
저 산에 뻐꾸기도
저 들녘의 바람도 피울음하는 잔인한 달….

가을이랍시고

타작마당에 겨가 날리듯
햇살이 날아올랐다, 내려앉았다 하는 목마른 석양
빛바래고 낡아진 등받이 달린 의자에 기대어
함께 오가던 길을 물끄러미 바라보고 있습니다.

그대가 없는 줄을 내 다 알면서
실낱같은 기대를 버리지 못합니다
눈을 감았다 뜨고 나면,
그대가 거기에 서 있으려니 하면서요.

주인 없는 바람이 요사스럽게 다녀간 자리에
풀풀거리는 먼지들만 쌓이고,
이제나저제나 하던 시간의 등은 휘어집니다
오지 않을 걸 내 다 알면서
털어 내지 못한 기억들의 덜미에 잡혀
이도저도 못하고 뉘엿뉘엿 기우는 해를 뒤쫓습니다.
오늘도 헛품을 팔았습니다.

순이의 상사병

순이야!
순이야!
아파하지 마라
언제는 가졌다고 마음을 놓았더냐
가지고도 다 가질 수 없어 서러웠다.

순이야,
팔자타령 하지 마라
가지고도 덜 가졌다는 앙탈을 하지 마라.

순이야,
어차피 다 가지고도
채워지지 않을 고런 것을 위해
네 눈물을 보이지 마라,
갖지 못한 설움보다 낫다
네 가진 것 더할 나위 없음에야!

그날 이후

너의 그림자를 더듬고 지냈어
다시 오게 될 그날을 기억했어

아픈 상처만 가득 안고 돌아온 너
미워하지 않아 그저 아플 뿐이야.

너를 불러봤어 언젠가 돌아와
이름을 불러주길 간절히 바랬어

오직 너 하나뿐이야, 너만을 원해
미워하지 않아 그저 눈물이 났어.

촛불 켜는 남자

목소리를 들려줘서 고마워요
그대도 가을 뜰앞에서 눈물을 흘리나요
하늘이 파랗게 올라선 날엔
하늘의 키가 너무 높다고 울었나요
그대도 가을 온다고 가슴앓이를 하는군요.

나도 그래요
촛불 너머로 붉어지던 그대 얼굴 그리워요

그대도 앓고 있군요
가을이 깊어지면
난, 그대 보고 싶어질 거예요.

예고 없는 이별

이별은 예고 없이 오는 걸
이별은 준비 없이 오는 걸

인연의 끈이 질긴 줄만 알고,
인연의 끈이 짧은 줄은 몰랐지.

호수와 수선화

물의 요정이여!
노를 저어
흐르는 물살 한가운데로
나를 밀어 넣어주오.

푸른산 끌어안고 누워
찰랑대는 햇살로 금빛 수를 놓은 호수에
찰랑대는 햇살이 내 몸을 휘감아 올리게
노를 저어주오
저 물살따라 하염없이 가려오.

물빛에 비친 아름다운 얼굴,
물안개의 호수로 노를 저어 가오
환송하는 금빛 햇살을 두르고 가려오,
호흡이 가빠지기 전에.

때로는 아파서 울어요

길을 걷다가 한 켠에 고개를 돌리고 서서 울어요
왠지 모르겠어요
때로는 가슴을 에이는 아픔이어요
때로는 그저 이유 없는 울음이어요
누군가 그랬어요
"울보"
그래서일까요

오늘도
푸른 하늘을 이고 지고 거리에 나섰어요
맹렬한 열기의 늦더위보다
한 뼘 높이 올라간 하늘이 고와서
걸음을 멈추고 하늘만 봤어요
손잡고 따라 나선 꼬마는 잡아끌어요,
어서 가자고.

후텁지근한 길에서
길을 잃은 아이처럼 한쪽에 쪼그려 앉아
또다시 하늘을 봤어요 눈물이 나요
가을이 오려고 그런가요

꼬마는 어깨에 기대어 떼쓰는 것을 멈췄어요
그런 꼬마 때문에 또 울었어요

이 여름 가고 나면 어찌하나요
가을 앞에서 울고 말 거예요
밑도 끝도 없이 추락하는 마음을
가을 앞에서 어찌하나요.

뜻밖의 해후

그날이 생각납니다
술잔에 모든 것을 털어내 버렸던 짧은 시간,
무겁지도 가볍지도 않았던 것,
죄다 내려놓고 되돌아오던 날의 기억을
지금도 감사하고 있습니다.

침몰하는 배,
갑자기 바다 한가운데 침몰하는 배가 보입니다
홀로 선장인 그대와 함께요.

닻을 내리시길요
항구가 보이거든
이젠 닻을 내리세요.

처녀림

안개로 둘러친 나의 숲에 오실 때에는
천천히 아주 천천히 속도를 줄여 주세요

나의 숲길에는 어머니의 눈물로 피어난
작은 꽃들이 즐비해요

나의 숲에 오실 때에는, 초롱불 밝혀 들고
꼰지발로 들어오세요.

아침

여린 잎들이 무수히 간지럼을 타요
바람이 어르고 햇살이 보듬어서요
새초롬히 이슬을 털고 앉아
까르르까르르 웃어요.

여린 잎들은 바람이 일으켜 세우는 대로
일어나 춤을 추어요
햇살이 어루만지는 대로
어여쁘게 반짝여요.

이른 아침 여린 잎들은 노래하고 춤추며
황금빛 날개를 매달고 날아올라
푸르름이 똑똑 흐르는 저 하늘을 닮아가요.

비 개인 오후

들길을 따라 걷노라면
풀잎 살포시 밀치고 피어난
알 듯 모를 듯한 꽃들이 그리워요.

비 개인 오후
저리도 맑은 하늘을 보면
이름 없이 여기저기 피어나

한줄기 바람에도
수줍은 하얀 미소
살풋 흘리는 작은 꽃들이 그리워요.

들길을 따라 걷노라면
풀 섶 사이로 뽀얀 꽃잎
눈 감고 걸어도 어여쁜 들녘이 그리워요.

상사화

동백 피고 지고 봄자락 가더니
이제는 벌거벗은 상사화 피었다고 하네
마음이 앞서갔네,
선운사 가는 길로.

매일 한줌씩 내 안에 키자람 하는 그리움
선운사 가는 길에 뿌려 두었더니
페르몬 같은 유혹 발목을 잡고

피고 지고 요절하는 상사화 따라
마음이 앞서갔네,
선운사 가는 길로.

그대 앞에 서면

그대 앞에 서면
작은 들꽃의 자유를 누렸습니다.
바람이 되는
그대 몸짓에 눈 감고 하늘거리다
햇살이 되는
그대 눈빛에 수줍어 발갛습니다.
그대 앞에 서면
나는 새들의 자유를 누렸습니다.
하늘이 되는
그대 품안에 날개를 적셔들고
그대를 향하여 끝없는 비상을 꿈꿉니다.
그대 앞에 서면
작고 여린 것들마저
불덩이를 이고 솟아납니다.
그대를 향한 불꽃들이 피어납니다.

글루밍데이

스멀스멀
회색물감이 배어든다
하늘
그녀
숨쉬는 공기마저 회색물감이 먹어버렸다.

심장이 문 걸어 잠그는 소리 외에는
아무 소리도 들리지 않는다
그녀의 속뜰에 회색비가 내린다.

진실

자꾸만 벗으라 해요
무엇을 벗어야 할지 모르는데
자꾸만 벗으라 해요
남김없이 벌거벗은 그대로인데
자꾸만 벗으라 해요
벌거벗음 안에 벌거벗음이 있던가 봐요
자꾸만 벗으라 하시니
내 벌거벗은 것 거짓인 줄 알았어요

속뜰에 봄은 오지 않고

수줍은 3월
꽃 터지는 소리 지천이건만
님은 어디 가고
피다 만 속내 붉게 물들어
시름에 젖은 눈 속에 잠겼더란가

님은 꽃샘추위
피어오르는 꽃망울을 접으라 하네

밤새워 내리는 비 서러워
뒤안에 소심은 눈물로 꽃을 피워내고

아주 가신다 하면
차마 걸음마다 진달래는 뿌리지 못하리

핏물로 감아 도는 앞산 진달래
님 가슴에 심기워서
꽃길 따라오시는 길
비워두리니,
3월 가면 내 시름 벗기우고 오소서.

이러한 줄은

어떠한 경우에도
한점의 의혹도 갖지 말라던
약속,
때로는 어겨요.

바람이 몹시 부는 날
그대는 불쑥 솟구쳤다 사라지고
온통 뒤죽박죽일 때

조금
아니 많이
우리 사이에 놓인 간격이 두려워요.

운명의 화살이
나의 등 뒤에 꽂힐 때,
이러할 줄은 미리 알았어야 했어요.

그대 눈짓 하나에
그대 손짓 하나에
살아나는 나의 감각들

이러한 날에는
아무리 멀리 있어
드러나지 않는 그대일지라도
꼭두각시인형처럼 날 좌지우지 흔들어대요.

종말

순진한 사람들이
슬픈 사람들이
병든 사람들이
힘없는 사람들이
억울한 사람들이
신성한 하늘로 차고 오른
철탑의 붉은십자가를 바라본다.
비록 불은 꺼져있고
문은 굳게 닫혀있지만
불 꺼진 창문 너머에는
분명히 기도하는 사람들이
神의 가르침을 생각하며
기도의 눈물을 흘렸으리라….

하지만
얼마나 많은 날들이
얼마나 많은 역사가
얼마나 오랫동안 이들을 속였는지 참회할 일이다.

그들은 죄가 없다.
목숨을 아낌없이 내어준,
神의 사랑을 몰랐거나
神의 사랑을 받았다는 자들의 위선에
넌더리가 났거나….
그들에게 도무지 죄를 물을 수가 없다.

구제하라고 그 손에 재물을 쥐여줬더니
도적질했거나, 감추었거나,
가르치라고 그 속에 지식을 주었더니
제 폼만 잡느라 안중에 없거나
보살피라고 그 손에 권력을 주었더니
개, 돼지몰이하듯 냉혹한 채찍을 들었거나
神을 안다고 자랑하는 그들이 죄인이다.
아직 십자가 밖에 서 있는 사람들을
돌봐달라고 애원하는 그분을
천연덕스럽게 나무십자가에 매달아놓고
그분의 것을 탈취한 자들은
밤낮으로 복된 포도주에 취해 있다.

순진한 사람들이
슬픈 사람들이
병든 사람들이
힘없는 사람들이
억울한 사람들이
늑대들이 우글대는 문밖에 있고
神의 부탁을 받은 십자가교회는
번드르르한 낯빛의 제사장들과 그들의 졸개들이
별별 모양의 복에 취해 있다.

순진한 사람들의
슬픈 사람들의
병든 사람들의
힘없는 사람들의
억울한 사람들의
항소장이 神에게 송달되었다.
욕심이 죄를 낳고 죄가 자라 죽음을 부르는
경고장을 오래전에 찢어버린 그들은 짐승이다.

채찍과 막대기를 든 공정한 재판관이
문밖에 서 계심을 안다면
노여운 낯빛의 神의 얼굴을 본다면
즉시 멎을 심장이 차라리 그들에게 위로가 되리라.
그날이 속히 오리라.

바람의 옷을 입고

초판 1쇄 발행 2017년 12월 12일

지은이 안미쁜아기
발행인 안미쁜아기
발행처 동행출판

등록번호 제2016-000063호
주 소 13633 성남시 분당구 미금일로57. 602-1304
전 화 070-4312-4300. 010-3668-9939
팩 스 031-5171-3150
메 일 donghang.book@gmail.com

ISBN 979-11-957985-6-8 03810